창비시선 71

유 종 순 詩 集

고척동의 밤

창비

차 례

제 3 부

제 I 부

고척동의 밤

어둠은 소리를 낳고
소리는 침묵을 낳는 밤
우리는 꿈을 낳는다

빛 혹은
하얀 새를 낳는다

온몸이 만신창이가 되도록 얻어맞고
정신이 반쯤 돈 옆방의 탈옥수 정씨도
쇠창살 너머 얼굴이 두 토막 난 달도
하루 종일 내장을 도륙당한 붉은 산도
신음소리 밑으로 꿈을 낳는다
새 살이 돋는 꿈을 낳는다

꿈은 좋은 것
허기져 앓는 밤에는 정말 좋은 것
온몸을 휘어감은 생의 아픈 상처보다야 훨씬 좋은 것

자유에 허기져 앓는 나도 꿈을 낳는다
거친 황토의 꿈을 낳고
미친 바람의 꿈을 낳고
풍만한 여인의 꿈을 낳고
탈옥수 정씨의 꿈을 낳고
미친 듯이 싸잡아 마구 꿈을 낳는다

꿈은 정말 좋은 것
상처뿐인 우리는 밤새껏 끙끙 앓으며
그렇게 꿈을 낳는다

빛 혹은
하얀 새를 낳는다

고척동의 눈

눈이 내린다 잿빛 하늘 우울한
잿빛 담장 너머 감시대 위로
감시대 위 교도관 어깨의 총구 속으로

눈이 내린다 송이송이
보고픈 얼굴들로 내린다
미소짓는 어머님의 인자한 얼굴로
치통 앓는 아버님의 찡그린 얼굴로
항상 웃음뿐인 막내동생의 헤헤거리는 얼굴로
흔들리지 말자던 벗들의 맑은 얼굴로
내린다 잊어야 하는 소녀의 얼굴로도 내린다

눈이 내린다
겹겹이 싸인 벽돌벽 속
갇힌 일상의 가냘픈 감상을 꺾고
보란 듯이 한번 해보란 듯이
서로 얼싸안고 뺨 비비며

펑펑 쏟아져 내린다

눈이 내린다 잿빛 하늘 우울한
잿빛 담장 너머 감시대 위로
감시대 위 교도관 어깨의 추위 떠는 총구 속으로

봄   비

비가 내린다 속삭이며 혹 수작하며
봄이 와요 봄이 와요
상심한 가슴 속 진물투성이의 상처 속 절망뿐인 0.6
평의 일상 속으로
따사롭게 떨어져 내린다

그러나 나는 믿을 수 없어

비가 내린다 속삭이며
기억 저편 아득한 여인의 살내음을 흘리며
울며불며 믿어달라고 애걸하며
독버섯처럼 자라난 허약한 감상의 귀뿌리를 핥으며
따사롭게 따사롭게만 떨어져 내린다

그러나 정말 나는 믿을 수 없어

우리의 봄은

12

결코 한 방울 따사로운 봄비에 오지 않아

결코 한 점 흐드러진 춘삼월의 봄바람에 오지 않아

봄은, 우리의 봄은 말이야 정말 비정하게도

저 차갑고 높은 담벼락 속으로부터 오지

저 담벼락 속 기다림만 남은 지친 신음소리로부터
오지

식구 생각

어머니
정다운 목소리들이 들려옵니다
통곡하듯 무너져내린 어둠속 정말 견디기 힘든
100촉 백열전등 희뿌연 불면을 밀어내고
아물지 않은 상처들 위로 포근하게 들려옵니다

누군가 손톱 빠지는 아픔으로 밤새도록 갉아대던 벽
하얀 새 되어 날던 꿈마저 시름시름 앓아 누운 벽
저 반역의 벽을 뚫고
나지막이 따사롭게 들려옵니다

야단치는 형수님의 앙칼진 목소리
야단맞는 조카놈의 울음소리
허허거리는 형님의 웃음소리
자식 그리운 어머니의 젖은 목소리
어머니
작은 우리들의 사랑이 이토록 큰 것이었읍니까

14

어머니

정다운 목소리들이 들려옵니다

벽 밖에도 벽 속에도 온통 벽뿐인 저 절망의 벽과

마주서서

오늘도 이렇게 작은 사랑의 소리에 귀기울이며

큰 사랑을 꿈꾸고 있읍니다

면   회

한 달에 단 하루
그것도 단 5분간의 만남을 위해
허구헌날 이 생각 저 생각
머리를 싸고 또 싸매 꼭 해야 할 이야기들을 찾아
이삿짐 싸듯 꼭꼭 싸서
머리속에 쑥쑥 밀어넣지만

막상
면회실 유리벽 너머
집사람의 젖은 눈망울만 보면
그 하고많은 이야기들이 모두 어디로 숨어버렸는지
해야 할 이야기들이 생각나지 않아 환장하겠는 것을
그 흔한 사랑한다는 말조차 떠오르지 않아 미치겠는
것을
낸들 어이하랴
집사람 따라
내 눈도 덩달아 축축해지는 것 같고

목구멍도 가슴팍도 콱 메어져버리는 것을
낸들 정말 어이하랴

사람이 갇히면 몸뿐이 아니라
정신도 이렇듯 멍청해지는 것일까
아니면 원래부터 내가 멍청했던 것일까

아니다 그것은
결코 내 탓이 아니다 그것은
저놈의 높디높은 벽 때문이다
아니다 벽 때문만도 아니다 그것은
저놈의 벽이 높아지면 높아질수록
더욱 더 팔팔하게 살아나서
내 정신을 온통 휘저어대는 그놈의
자유 바로 그 자유 때문이다

독방에서

울었읍니다

이 땅에 태어난 것이 그토록 기쁠 수가 없어
마구 울었읍니다

두 주먹 불끈 쥔 채 부릅뜬 두 눈으로
피묻은 몸뚱아리 너머
높기만 한 푸른 하늘을 노려보던 벗들의
마음고픈 얼굴들이 그리워 울었읍니다

화살처럼 쏘아대던 손가락질
수도경비사령부 유치원 아이들의
어이없는 천진함이 노여워 울었읍니다

마룻바닥에 엎어져 한없이
한없이 울고 또 울었읍니다

면회실 어머니의 주름진 미소 속에 지핀
젖은 눈망울에 미쳐 끝내 미쳐
밤이 새도록 울었읍니다

더운 피 한 방울 뜨거운 살 한 점 서로 나눌 수 없는
허기진 자유의 가슴을 움켜쥐고
스물넷 먹도록 처음으로 그렇게
슬피 울었읍니다

그렇게 울다가 지금은
울음을 끊고 새벽을 기다리고 있읍니다

새벽이 와도 한 점 빛을 차지할 수 없는
0.6평의 독방에서
지금은
새벽만을
미쳐 불타오를 그 새벽만을 기다리고 있읍니다

조사실 창가에서

내가 아니야
어두운 유리창에 박혀 지워지지 않는 저 짐승
흠뻑 젖은 죽음의 그림자를 뒤집어쓴
저 짐승은 내가 아니야
비명이 난무하고 오직
한 가닥 삶의 집착만이 내 모두를 다스리는
이 무덤 속에서 나는 내가 아니야
억센 손아귀들이 짓뭉개버린 몸뚱아리도
몸뚱아리보다 더 무참하게 짓뭉개진 수치스러움도
미쳐버릴 것만 같은 악몽의 혼절 속에서
수없이 되뇌이던 그리운 이름들도
이제는 내 것이 아니야
쓰라린 형광등 불빛 아래
다짐하며 중얼거리던 어설픈 복수의 꿈마저
또 다시 억센 손아귀들에 산산이 찢겨버리고
나는 내가 아니야 한 마리
비굴한 짐승일 뿐이야

유리창에 박힌 저 혐오스런 얼굴 지우지 못해
울부짖는 수치의 노여움에 울부짖는
한 마리 짐승일 뿐이야

민 들 레

슬퍼 말라 그대여
흐린 하늘 잿빛 어두움이 어디 오늘뿐이랴
그대 웃음 덮으며 떨어지는 이 빗물도
바다를 꿈꾸며 지하 90리를 방황한다
절망은 빠르고 무섭지만 그대여
몰래 타오르는 그리움은 더욱 무서운 것
빛을 향해 생명 다하는 그대 고운 꿈도
빛을 삼킨 어두움 속에서 오히려 간절히 타오르고
영그는 것
슬퍼 말라 그대여
눈물도 그리움도 고운 꿈도 모두 흘러 하늘로 가는데
흐린 하늘 잿빛 어두움 속에 어디 빛 한 점 없으랴

獄中月令歌

1月令・꿈

꿈이 있느냐고 묻는 놈들이 있어
저 감시대 차가운 회벽칠 담장 위의
거친 눈발 헤치며 검푸르게 타오르는 이끼를 보고도
봄이 오느냐고 묻는 놈들이 있어
500원어치 구매 신청한 다 썩은 양파에서
쑥쑥 돌아오르는 새순을 보고도
살아 꿈틀이는 그 생명의 힘을 보고도
희망이 있느냐고 묻는 놈들이 있어
나이 한살 더 처먹고도 그런 걸 묻는 놈들이 있어

2月令・또 꿈

아직도 꿈이 있느냐고 묻는 놈들이 있어
이 땅엔 세상에서 제일 많은 감옥이 있다는데
꿈이란 꿈 모두 그 감옥 속에 갇혀 있다는데

아직도 봄이 오느냐고 묻는 놈들이 있어
거리엔 물고문귀신 성고문귀신 활보하고
돈벌레 기생충들 득실거려 사람은 구경조차 할 수
없다는데
아직도 희망이 있느냐고 묻는 놈들이 있어
구정 지나 조선나이 한살 더 처먹고도
아직도 그런 걸 묻는 놈들이 있어

3月令·진달래

지금쯤 아마
학교 뒷산엔 진달래 만발했을 거야
갓스물 애띤 얼굴 맑은 가슴마다에는
온 밤 뒤척이며 휴전선 철조망 깊은 수심이 패여
변성의 목소라 이미 노여움으로 커오를 거고
학교 뒷산의 진달래
젊은 꿈 살라먹고 오래오래 만발할 거야

4月令·고백

스물두살 나던 해였어
처음으로 4월 너를 알고 사랑을 배우게 된 것은
거덜난 몸으로 쇠창살 아래 신음하는 너와
랭보의 시를 꿈꾸는, 아니
온통 상징주의의 꿈에 갇혀 있는 나를
되돌아보게 된 거지 누가 더 자유스러운가를
쓰린 가슴 가득 돋아나는 뉘우침의 밤들을 보내고
난 후
랭보의 시를 꿈꾸던 내 눈동자 속에
이미 시는 사라지고 네가 자리하게 되었어
처음으로 사랑을 느끼기 시작한 거야
스물두살 한창 허기진 나이였어

5月令・꽃

꽃들아 숨은 꽃들아
이제 고개를 내밀렴
아무리 못된 눈초리들이 호시탐탐 노리고 있다 해도
아무리 사나운 욕심의 손길들이 무자비하게
덤벼든다 해도
이제 고개를 내밀렴
꺾이면 어때 부러져 짓밟히면 어때
버려진 어둠과 만나 타오르는 슬픔에 싸여
다시 노여움으로 살아오르면 되지
꽃들아 숨은 꽃들아
이제 그만 고개를 내밀렴
우리 환히 향기를 흘리며 꽃 피어보자

6月令 · 빗질

유두날에는 빗질을 해야지
짧은 머리 볼품없는 징역살이 두상이지만
새로운 마음으로 빗질을 해야지
갇힌 일상 절망의 때와
닫힌 가슴 불신과 불감의 앙금들을 털어내고
묵은 기다림도 묵은 그리움도 씻어내고
헝클어진 마음결도 빗어내리고
빠진 머리 한 올 한 올 주워 모아
다시 기다림으로 심어야지
다시 그리움으로 심어야지
춘향이보다 더 정갈하게
논개보다 더 비장하게
유두날에는 그렇게 빗질을 해야지

7月令·칠석

직녀여
그대를 안고 싶습니다
오작교 건너서
돌아오지 않는 다리 건너서
귀곡성 아우성치는 휴전선 그 피의 철조망 넘어서
이 사슬을 끊고 이 벽을 허물고 달려가
그대를 안고 싶습니다 직녀여

8月令·태풍

오세요 그대
맨드라미 서럽게 타는 8월의 담장 위로
미친 바람이 되어
하늘 가득 검은 비구름을 몰고 오세요
온몸 찐득찐득한 기다림으로 밤을 잃어

그리움만 검게 타는 8월의 목마른 담장 위로
폭풍이 되어 해일이 되어
해방의 융단폭격이 되어 오세요
오세요 그대

9月令 · 비나리

검붉게 죽어버린 꿈들 위로 비가 내린다
누군가 또 저 담을 넘었다
탈옥수 정씨는 만신창이의 몸으로
반평의 징벌방 내 옆으로 전방되어 왔다
진창 속에서 밤새도록 맞고 채이고 밟혀
비만 오면 쑤신 온몸으로 헛구역질을 한다
바깥세상을 영영 구경할 수 없게 된 정씨는
나와 통방할 때마다 입에 게거품을 물고
탈옥의 모험담과 단 5분간 누렸던 바깥세상의
아름다움을 이야기하다가

마지막엔 언제나 에이치 아이 디에나 자원 입대하겠
다고 한다
007영화의 제임스 본드처럼 멋진 첩보원이 되어
마음에 안 드는 놈 총알 한 방 먹이기도 하고
휴전선을 내 집 드나들듯 넘나들며
더러는 북쪽의 여인을 보듬어도 보고
그렇게 한바탕 멋지게 살아보겠다고 한다
비가 내린다
정씨의 헛구역질 소리가 들린다
검붉게 죽어버린 꿈들이 초혼의 곡성으로 온 밤을
태우고 있다

　　　10月令·국화

담장 아래 잡풀들 속에서
10월 찬 서리 먹고 추운 달빛까지 먹고
한 뼘 더 힘차게 국화가 솟아올랐다

11月令 · 첫눈

눈이 내린다
서슬 푸른 감시등 조명 맞으며
슬픔의 작은 반짝거림으로
팔랑이는 그리움의 작은 손짓으로
어둠속 불면의 눈(眼)들을 불러 모은다
바라보면 바라볼수록
차갑게 와닿는 시린 기억의 얼굴들 위로
부서졌다가 다시 살아나서 기다림으로 힘겹게 살아
나서
초라한 깃발 그래도 씩씩하게 펄럭이며
펄럭이며 눈이 내린다

12月令 · 합방

시간 깨는 데 춘열이는 그저 운동이 최고
시간 깨는 데 인혁이는 그저 목청 큰 토론이 최고
시간 깨는 데 우재 형은 그저 통박굴리는 게 최고
시간 깨는 데 돈규는 그저 진지한 대화가 최고
시간 깨는 데 재의 형은 그저 요가가 최고
시간 깨는 데 동석이 형은 그저 여자 이야기가 최고
시간 깨는 데 경환이는 그저 교도관과 싸우는 게 최고
시간 깨는 데 주형이는 그저 만년노트에 그림 그리
는 게 최고
시간 깨는 데 종순이는 그저 관지에 낙서하는 게 최고
시간 깨는 데는 그저 벗들과 함께
함께 싸워 함께 이기는 합방이 최고

제 2 부

그대, 슬픈 자유에게

내 진실로 그대를 사랑함은
그대와의 달콤하고 황홀한 순간들 때문이 아니라
무관심 거리의 화사함에 쫓겨나
이 골목 저 골목 쓰레기 더미 위에 어둡게 버려진
그대 슬픔이 가여워서가 아니라
핏자국 땀자국 군화자국 선연한 채
보석처럼 타오르는 그대 슬픔의 영롱함을
차마 사랑하지 않을 수 없었기 때문이리라

사춘기 시절
무지개로만 피어오르던 그대 모습은
한 순간 흔적도 없이 사라져버리고
그대 이제는
어둠에 지쳐 초라하고 무기력한 모습으로
한 점 바람에도 휘청거리기만 하는데
그래도 내 진실로 그대의 모두를 받아들임은
그대가 내게 속삭여준 새벽이

남 모르게 내 가슴 속에서 남 모르게
불타오르고 있기 때문이리라

밤이면 밤마다 슬픔에 취해
비틀거리며 돌아오는 그대를 꼬옥 껴안고
내 이렇게 미치도록 슬픈 그대를 사랑한다고 속삭임은
슬픔은 절망이 아니라
절망을 베어내는 칼이라는 것을
빛 그 찬란한 승리를 향한 단 하나의 무기라는 것을
그대를 사랑한 그 순간부터 알고 있었기 때문이리라

5월, 절망의 바다에서

아무것도 없다
봄도 타오를 빛에 대한 희망도 기다림도
외쳐 불러야 할 이름들도
더는 남지 않았다

보란 듯이 자랑스러운 듯이 서로
얼싸안고 얼굴 비비며 싱싱하게 튀어오르던 바다는
막소주보다 더 창백한 얼굴로 부서지고
물안개처럼 피어 날카롭게 온몸을 찌르는 절망

좀더 땀 흘리고 피 흘려야 했어
살아 있는 날
희망과 기다림에 대한 우리의 사랑은
살이 터지고 뼈가 드러나도록 좀더
처절해야 했어 어깨가 휘어지도록 좀더
무거워야 했어 좀더

그러나 바다는
절망의 심연 속에 처절히 몸부림치면서도
결코 뭍으로 도망치지 않는다
하얀 눈 부릅뜨고 하얀 이 갈아대며 기어코
한 척의 배를 띄우고 살아오른다

그렇다 바다여
너는 우리에게 치열함을 가르친다
네 절망의 깊이가 심연이라면
우리의 절망은
치열해야 할 한낮 싸움의 불투명함과 노동의 허기에
지쳐 치열함을 잃어버릴 때 독버섯처럼 피어나는 우리
부피만큼의 그림자일 뿐

그렇다 바다여
항상 쓰러지지만 다시 일어서는 바다여
우리가 온몸 다 던져 기다려야 할 희망은

우리가 잃어버린 그 치열함 속에 누워 있다
너처럼 생생하게 피 뚝뚝 흘리며 누워
우리를 부르고 있다

빗속에서

꽃이 타고 있다
야윈 얼굴 일그러진 얼굴들이 타고 있다
살아오르려는 불꽃처럼 치열하게 타고 있다

폭풍우의 진한 향기를 모르는
비닐하우스 속 곱상한 얼굴들이
하얀 이 드러내며 붉은 샴페인 잔을 부딪칠 때
꽃은
한 사발 핏빛 절망을 들이켜고 있다
절망의 검은 어둠을 들이켜고 있다
어둠의 하얀 새벽을 들이켜고 있다

꽃이 타고 있다
진흙탕 속에서 검게 타는
최후의 불꽃은 사랑을 낳는다
분노와 절망의
그 가장 뜨거운 사랑을 낳는다

한 반 도

동방을 비추는
강하고 부드러운 빛의 나라
모두가 하늘이었던 시절 태백 배달인의
사랑 하나로 태어났지

그러나 언제인가
빛의 영토 한복판에
붉은 외제 사인펜이 절규하며 그어져
지금은
비약을 잃은 반토막짜리 붉고 푸른
허수아비들의 목숨 건 질투와
치욕의 수렁밖엔 남은 것이 없어

그러나 우리는 알고 있지
진흙탕 속에서 미륵의 연꽃이 피어나듯
생명은 오히려
깊은 죽음 속에서 더욱 강하게 타오른다는 것을

저 무덤 속 백골의 할애비들에서부터
말라비틀어진 가난의 젖을 빨고 자라는 젖먹이까지
우리 모두는 믿고 있지
거친 바다를 넘고 험한 산맥을 넘어
힘차게 드높이 타오를 새날의 그 불꽃을
한반도, 찬란한 그 빛의 역사를

飛　翔

휴 지 기

돌이 되어 끓는 분노를 앓고 있다가
밤 바다의 냉혹한 안개로 숨쉬다가
무덤 속 깊숙이 누운 시체처럼
흔적 하나 없다가

상 승 기

서서히 타오르는 눈빛
정분 난 아낙의 비상한 눈빛
한 잎 나이테가 돋고 있다
겨울을 지내고
빙하는 한 방울 눈물이 되어 돌아간다

휴 지 기

봄도 봄을 알아
그러나 넋나간 우리의 봄은
춘향이의 빠알간 봄처럼
아직은 여자이기만 하다
아직은 여자이기만 하다

하 락 기

사계는 그침없이 바쁘게 흐르고
운명은 중력을 갖고 밑으로 밑으로만 떨어지나
고민하며 거부하던 나뭇잎 하나
메아리도 없는 허공에서 뱀의 몸짓으로 숨 멎을 때
그래, 이젠 차라리 독오른 뱀의 몸짓으로
그날을 향해 끝없이
가슴이 맞창 날 때까지 끝없이 기고 또 기어

휴 지 기

동여맨 상처에 진물이 멈추거든
저 눈발도 멈춰
밟히고 밟힌 푸른 대지의 상처 속에
한 점 이끼로 살아나
그날로부터 불어오는 바람을 향해
찢긴 가슴을 열고
고요히 그림자를 털어낸다

상 승 기

갑자기
잘린 손목에 힘이 솟는다
끊어진 발가락은 대지를 박차고 있다
숱한 상처 마디가 근질거린다

44

날개가 솟아오르고 있다
온몸을 씰룩이게 하는 날개
손 없고 눈 없고 입 없이
꿈마저 꿈꾸지 못하는 나의 생리를
한꺼번 주살하는 날개
아, 날개여
이제는 반역이 아닌 거대한 비상이여

꽃을 던지고

꽃을 던지고
겨울 하늘 무거운 침묵 깊숙이
온몸을 누인다

삶을 꺾고 사랑을 꺾고 웃음을 꺾고
울음마저 꺾어 꽃을 피우는 꽃은 꽃이 아니고
죽어서 밟히고 썩는 낙엽만이 생명이라고
상처와 세월은 남몰래 절규한다
곪은 가슴을 도려내고
꿈틀이며 새살이 돋는 소리를 기다릴 때
이별로 자라난 사랑이
맹세하며 다시 꽃으로 피어날 때
꽃은 이제
꽃이 가진 가장 고귀한 생명이 된다

4월을 바라보며
5월을 기다리며

46

다시 꽃과 하나가 되기 위하여

꽃을 던지고

부   활

4월은
빛도 꿈도 사랑도 죽어가는 골고다

사랑을 찾아 사랑을 버리고 사랑 속으로 뛰어든 사
람의
가장 빛나는 약속 하나를 향해
죽고 죽어 죽여서
내가 나를 죽여서 숨쉬어야 할 생명을 향해
눈을 열고 입을 열고 가슴을 열어 부른다
빼앗긴 십자가의 주인을 부른다

아아
4월이여 십자가여
못 견디게 그리운 나의 사람 예수여

아침이 서는 새벽까지
치욕의 침묵으로 견디어야 할 4월을
당신은 이 세상 어디에서 숨쉬고 있는가

진달래 1

무엇인가
무엇인가 저 몸짓은

얼어붙은 겨울산 저 침묵의 동면 속에서
울음인 듯 웃음인 듯 붉게 튕겨오르며
한 모금 더운 숨도 토해낼 수 없는 미이라 내 치욕
의 몸뚱아리를
자꾸만 움찔움찔거리게 하는

정말 무엇인가 저 몸짓은
신음인 듯 외침인 듯 절규인 듯
혁명 전야의 소문들처럼 터져나와
날이 새기를 기다리지 말고
이 어둠속에서 시작하라고 기어코 이 어둠을 불사르
라고
외치며 화살이 되고 비수가 되어 내 불감의 가슴을
꿰뚫는

저 수천 수만의 몸짓은

무엇인가
정말 무엇인가 저 뜨거운 몸짓은

진달래 2

古阜에서

밤새도록 동학귀신 울음소리 들리고
말발굽소리 화승총소리 죽창 부딪치는 소리 들리고
비명소리 아우성소리 함성소리 소리소리 들리고
가위눌려 일어난 새벽
온 산 붉게 신열 앓는 소리 겹나게 들리고

진달래 3

밤마다 흐느끼는 청상의
한스런 울음이 싫어
봄이 와도 달아오를 줄 모르는
무쇳덩이 가슴 속에 숨어 있다가
붉은 힘줄 꿈틀이며 겨울을 몰아내는
황토의 지열에 미쳐
끝내
가슴 풀고 모든 헐벗음을 끌어안는
황홀함, 아 황홀함이여

진달래 4

박종철 열사에게 바침

부르네
그대를 부르네

모두가 떠나버린 헐벗음만 남은 겨울산
여름처럼 타오르고 싶어
미친 산불처럼 그렇게 활활 타오르고 싶어

떠나간 형제들 돌아오지 않고
추운 밤 나 혼자 이대로는 잠들 수 없어
중음신 이 원귀의 몸으로는 결코 눈감을 수 없어
그 모든 싸움 다하지 않아

부르네 그대를 부르네
붉은 넋 더운 울음 두고 가며
외쳐 그대를 부르네

봉숭아꽃

이한열 열사에게 바침

여름내 나를 설레게 하던
그대는 꽃
봉숭아꽃

흙먼지 날리고 신음소리만 자라는 땅
이 헐벗은 절망의 거리 한 구석에서
튕기면 터질 듯한 붉은 함성으로 피어
젊은 넋 재 되어 날리는 매운 하늘 가르며
탐스러운 알몸 산산이 찢긴 외마디 비명으로 피어

외친다
이 땅에서 산다는 것은
지겨운 노동과 처절한 싸움 끝에 숨 멎어
끝없는 아름다움으로 다시 피어나는 것이라고
한여름 겁게 타는 목마름 속
노동의 거친 손톱들 위로
핏자국 선연한 입술들 위로 피멍든 가슴들 위로

외친다 그대

여름내 나를 설레게 하던
그대는 꽃
봉숭아 붉은 꽃

겨 울 行

시린 울음소리만 타오르는
모질게 타오르는 어둠속으로 가자
고단한 잠 털어내며 가자
이루지 못한 꿈 거친 눈보라 속의 한 가닥
서러운 노여움으로 묻어두고

그리운 얼굴들 외쳐 부르는
빈 기다림도
뜻 모를 약속의 말들도
가슴 속 천근의 뉘우침으로
쓰라린 뉘우침으로 묻어두고

모든 길은 어둠속에서 부서지고 망가져
길 위에 선 지금은 고통이고 눈물일 뿐
그러나
가장 밝았던 곳에서 어둠이 오듯이
새벽은 언제나 어둠의 끝에서부터 타오르고야 말아

길 잃은 자의 어둠만이 길을 알고 만남이 있는 것

또 다시 부서지며 가자
어둠보다 더 깊고
어둠보다 더 단단하고
어둠보다 더 열렬한
새날을 향해 그 끝없는 길을 향해
지금은
모든 꿈 죽여 저 거친 눈보라 속의 한 가닥
서러운 노여움으로 묻어두고 가자

제 3 부

서울 나팔꽃

들리지 않느냐
기다림 하나로 버텨온 침묵이
앙갚음하듯 하늘을 향해 우뚝
꽃핏대를 세우는 소리가
들리지 않느냐

야구장에서 축구장에서 뛰쳐나온
안타 홈런 슛 꼴인
서울 우리의 서울 아아 대한민국
실로 기막힌 삼에스 음모에 들뜬
사기치는 소리 사기당하는 소리 말고
함성인 듯 함성을 낳는 신음인 듯
어디서 소리다운 소리가 들리지 않느냐

고요히
귀기울여 들어보아라
도시가 너에게 가르쳐준

기회주의와 이기심과 무관심과 껍데기의

　분홍빛 꿈을 위해 썩어버린 폐병 3기의 가슴을 찢어

내고

　고요히 귀기울여 들어보아라

　고통스럽게 자유를 말하기보다는

　여우 같은 마누라의 살내음에 취하기 위해

　토끼 같은 자식새끼의 재롱에 취하기 위해

　문도 마음도 닫아버린 저 병든 서울의 아파트 난간

위에서

　홀로 환히 꽃 피는 소리가 들리지 않느냐

　늦여름 불볕 더위와 싸우며

　아직도 살아 있음을 용감히 고백하는

　저 생의 아픈 신음소리가

　처절한 자유를 닮아

　희고도 붉은 꽃잎으로 피어난

저 자랑스러운 함성소리가 분명
분명 울려 퍼지고 있지 않느냐

전 봇 대

어두운 골목 끝
찌든 몸을 일으켜
창녀가 섰다

공장 굴뚝 주렁주렁 매달린 연기의
시커멓고 매캐한 한숨처럼
거친 삶의 아픈 흔적을 온몸에 감고도
밤이면
썩은 음부에선 살며시 빛이 돌아

어두운 골목 끝
어두운 쓰레기와 쓰레기에 쌓인 어둠을 밝히며
찌든 몸을 일으켜
창녀가 섰다

서울 예수

산동네 공터에서
매일 밤 그이는 바라본다

하루의 땀과 피곤을 씻는 수도물소리와
싸움박질 소리와 욕소리와 무언가 깨지는 소리와 울
음소리와
가난보다 더 독한 소주에 검붉게 달아오른
한 무리 야근 행렬들의 거친 목소리들이
산동네 공터로 정답게 몰려들 때

그이는 바라본다 가깝고도 먼
산 아래 도시의 휘황찬란한 불빛 속에서
요사스럽게 돋아오르는 붉은 네온의 십자가를
복과 천국을 향한 정신질환의
기도와 노랫소리가 넘쳐흐르고
사랑과 평화와 정의와 진리도 덩달아
입안에서만 달콤하게 넘쳐흐르고

넘쳐흐르는 열기만큼 쌓이는 지폐 다발에 미쳐
밤이면 밤마다 붉은 혀 날름거리며 돋아오르는
수천 수만 붉은 네온의 십자가를

그이가 목숨 바쳐 사랑한 찌든 얼굴들은
허울좋은 도시계획에 밀려 이렇게
산꼭대기로 쫓겨와 한숨보따리를 풀어놓고
이젠 그이마저도
거칠고 무거웠지만 투명했던 삶의 십자가를 빼앗긴
채
부드럽고 매끄럽고 향기로운 티크나무 십자가에
이탈리아산 대리석 인테리어에
금도금 은도금 보석장식 장신구에 곤충 표본처럼 박
혀
결코 살아날 수 없는 화석이 되어가고 있는데

저 십자가 뾰족지붕 아래에선 하루 종일

아브라함이 이삭을 낳고 이삭은 야곱을, 야곱은 열
두 아들을 낳았고만을 가르칠 뿐
이 척박한 땅 팍팍한 삶 속에서 어떻게
지 애비와 에미가 사랑으로 만나 어떻게
자기를 낳아 키웠는지 가르치질 않는다
간혹
동정과 재미와 사교와 심심풀이의 그럴 듯한 사랑으로
이곳 산동네까지 헌옷가지와 라면상자를 들고 올라와
자랑스러운 듯 던져놓고는
우리의 게걸스러운 가난과 뻔뻔한 수치와 뻣뻣한 열
등을
단 5분 동안 가슴 아파하다가 돌아갈 뿐이다

산동네 공터에서
그이는 그 모두를 바라본다
멀기만 한 도시의 불빛과
쉬지 않고 붉은 혀 날름거리는 네온의 십자가와

그것들이 이루어놓은

위선과 거짓과 타락과 기만의 휘황찬란한 그 모든

삶을

바라보면 바라볼수록 절망뿐인 그 모두를

그이는 매일 밤 바라본다

양동 미스 서의 이야기 그것은

설 자리를 잃고
칠성판 위에 예수처럼 못박힌
동태의 이야기다

누워서 밤을 파는 배고픔에
밤이면 자궁 깊숙이 가슴 깊숙이 박히는
불면의 못
첫사랑 아스라한 눈물은
한 평 반 양동의 밤을 적시고
사태기를 오르내리는 서울의 부처들이
이리저리 거덜난 몸뚱이를 헤아리며
깨달음을 꿈꾸고 있을 때
이미 내세로 달아난 미스 서의 한 생

오——
그것은
설 자리를 잃고

칠성판 위에 예수처럼 못박힌
동태의 이야기다
춥고 추운 동태의 이야기다

채석장에서

한낮의 찌든 노동 속에서도
지난 밤 못다 이룬 꿈의 기억은 있다
동대문시장 생선가게 앞의 즐비한 동태 눈알처럼
허술하고 허기진 내 꿈을 위한 신앙은
다만 힘을 사랑하는 길뿐이다

때려대는 배고픔이며
찢어지는 아픔이며
삶과 죽음은 이렇듯 초라하게 한데 엉켜
여름날 아스팔트 열기처럼 타오르고
없는 사람의 배고픈 신경을 타고 흐르는
가진 사람의 욕망
무디고 미련하지만 나의 창자에도
서울의 뒷골목처럼 더럽고 가난하고 날카로운 신경이
예수만큼이나 성스럽게 누워 있다

꿈을 위해 꿈을 잊은 채

핏발선 공복의 머리통들을 움켜쥐고
산의 내장을 송두리째 도려낼 때
바늘보다 더 뾰족한 소리로 부서지는 우주의 비명
그러나 나는 자랑스럽다
아무 미움 없는 여기서
그것은 차라리 자랑스러운 폭력이다

비

정직하게 너무도 정직하게
비가 내린다

혹 어딘가 황량한 곳이 있는지도 몰라
무성하고도 풍요로운 이 여름
눈을 씻고 찾아보면
발전에 발전을 거듭한다는
우리 대한민국 어딘가에도
이디오피아나 남아연방공화국이나 남아메리카 같은
그런
황량한 곳이 있는지도 몰라

불볕 더위 속
기름내 땀내투성이의 찌든 얼굴들을 쓰다듬기도 하고
청량리 오팔팔이나 서울역 건너 양동쯤에서
스무 해 전 잃어버린 순이를 만나
분노에 젖어 흠뻑 울기도 하면서

72

비가 내린다

뻔뻔하고 두꺼운 낯짝들 위에 산성비 주룩주룩 싸대
면서

최루탄 구토탄 매연가스에 눈물 콧물 흘리면서

혹 어딘가 있는지도 몰라

이디오피아나 남아연방공화국이나 남아메리카 같은
그런

더럽고 황량한 곳이 있는지도 몰라

비가 내린다

순진하게 너무도 순진하게

풍요롭고도 무성한 이 여름의 수상함을 헤집고 다니
면서

비가 내린다

상계동의 비

비가 내린다
잔인한 포크레인에 짓밟혀 신음하는
두 평 반 서글픈 꿈 감싸안으며
하염없이 타오르는 슬픈 몸부림 위로
피투성이의 노여움 위로
꿈이 되어 비가 내린다

어디로 갈까
서울 하늘 그 어디에도 갈 곳은 없어
피곤한 얼굴들 옹기종기 모여앉아
저녁 한때의 따스한 웃음 나누던 작은 행복마저도
여기서는 소탕되어야 할 패잔병의 근거지
꿈을 잃은 슬픔도 짓밟힌 삶의 노여움마저도
여기서는 마땅히 진압되어야 할 패잔병의 저항
탐욕스러운 손들이 펼치는 간교한 도시계획의
야속한 발길질 앞에 정정당당한 몽둥이질 앞에
그 일사불란한 군사작전의 위력 앞에

헐벗은 맨손 가득 굳은살로 가꿔온 우리의 꿈은
아름다운 서울을 위해 사라져야 할 헛된 믿음일 뿐
서울 하늘 그 어디에서도
두 평 반 우리의 소박한 꿈은 자라나지 못한다

비가 내린다
하루 종일 어린 마음들이 개구질치던 마당가
또 한 차례 성냥갑만한 꿈들이 와르르 무너져내리고
더이상 아무것도 꿈꿀 수 없는 절망의 얼굴들 위로
삶의 아픈 흔적으로 기워댄 한숨보따리 위로
그래도 꿈이 되어 비가 내린다

서 울 길

잘 있거라 고향아
빚더미 눈물더미 한숨더미에
이제는 어떻게 더 해볼 도리가 없어 떠나간다
논 팔고 소 팔고 집 팔고 세간 팔아
농협빚에 세금에 사채 빌어 쓴 돈 모두 갚고
손에 남은 50만원 움켜쥐고 떠나간다
아리랑 아리랑 그놈의 설운 곡조
부를 힘도 부를 흥도 없건마는
그래도 한평생 모두 바친 너와의 이별이라
아리랑 아리랑 노래라도 구성지게 부르면서
떠나간다 고향아

서울놈들 인심 고약타 하지만
우리 다섯 식구 열심히 일하면 굶기야 할라구
나는 막노동판에 마누라는 파출부로
큰놈 작은놈은 당분간 학교 쉬고 공장에
막내년은 집 지키고 그렇게 한 3년 열심히 일하면

한밑천 만들어 다시 고향으로 돌아올 수 있을지도
몰라

  요행스런 꿈 꾸며 떠나간다

  왠지 불안은 하지만

  그래도 세상살이 쉬운 일은 없는 거야

  위로하고 위로하며 떠나간다 고향아

  도망치듯 올라선 고갯마루 위

  억수처럼 쏟아지는 눈물 감추고

  아리랑 아리랑 그놈의 이별곡조 따라

  차마 떨어지지 않는 발걸음 옮기며 떠나간다 고향아

  떠나가도 꿈엔들 잊을 리 없는 내 고향아

이태원 청소원 방씨의 독백 1

고단한 잠 털어내고 동터오는 새벽
어둠 저편의 깨끗한 희망을 만나기 위하여
또 한 끼의 밥을 마련하기 위하여 가야 하리
가야 하리 무리무리 피곤에 젖은 얼굴들
지옥 같은 새벽의 노동 속으로 무겁게 사라지고
쓰레기 속 흙먼지 씹으며 버텨내야 할 끝 모를 하루
또 하루
아아 견딜 수 없어라 날아오르고만 싶어라
헐벗은 육신의 잠 훌훌 벗어던지고 끝없이
후줄근히 좋은 땀 흘리며 하염없이
그렇게 날아오르고만 싶어라
그러나 일어나 가야 하리 동터오는 새벽
헛된 꿈 게으른 잠 뿌리치며
지금은 헐벗은 육신 그대로 가야 하리

이태원 청소원 방씨의 독백 2

이데올로기로 분단되어
이데올로기로 아침해가 뜨고
이데올로기로 저녁해가 지는

이데올로기이면 형제들 가슴에 총질도 서로 할 수
있고
이데올로기이면 처자식도 잡아먹을 수 있고
이데올로기이면 부모마저도 잡아먹을 수 있는

이데올로기로 앓는 땅
이데올로기의 쓰레기가 쌓이는 거리

평양의 어느 외국인 거리를 쓰는 청소원 박씨와 함께
어깨동무하고 밤새도록 쓸어버려야 할
껍질뿐인 이데올로기 그 분단의 쓰레기

이태원 청소원 방씨의 독백 3

내 일터는 서울특별시 용산구 이태원
온갖 더러움이 쌓이는 거리
내 평생 단 하루만이라도
깨끗하고 환한 아침을 맞이하기 위하여
나는 새벽마다 이태원의 밤을 쓸어내린다
밤이 토해낸 모든 더러움을 쓸어버린다

리어카 가득 쓰레기에 쌓여야 할 노동의 하루를 싣고
공포의 外人狗團들이 흘리고 간 쓰레기들을 치우노
라면
일제시대 머슴살던 아버님 생각에 복장 터질 듯 노
엽기도 하고
워싱턴 얼굴 기세등등한 달러 몇 장을 주웠을 때면
그 사람들 오히려 고맙기도 하지만
그러나 곰곰히 생각해보면 이 거리의 주인은 나
닦달대는 계장님도 구청장님도 특별시장님도 아닌
가끔씩 달러를 흘리는 코쟁이들은 더욱 아닌

이 거리 이 땅의 주인은 바로 나
나는 움켜쥔 빗자루에 힘을 주어 쓸어버린다
쓰레기와 쓰레기를 만들어내는 저 모든 거짓들과
그리고 저 어둠속 쓰레기에 묻혀 절망하며 분노하는
내 노동의 하루까지를 모두 쓸어버린다

내 평생 단 하루만이라도 정말
정말 눈물곱도록 빛부신 우리의
하얀 아침을 맞이하기 위하여
나는 새벽마다 이태원의 밤을 쓸어버린다
이 땅의 밤이 토해낸 모든 더러움을 쓸어버린다

이태원 청소원 방씨의 독백 4

쓸고 싶다 쓸어버리고 싶다
가슴 속 치밀어오르는 분노의 욕지거리와
빗자루를 쥔 배고픈 손이 서로를 경멸하는
이태원 이 지저분한 거리를
내 마음대로 쓸어버리고 싶다

한 줌도 되지 않을 다국적 네온들이
여섯살 난 우리 순이년 미치게 좋아하는
빨주노초파남보 일곱 빛깔 무지개로 치장된 채
우리의 온 밤을 거짓 꿈의 광란으로 수탈해대고
새벽이면 남는 것은
쓰레기와 구토와 그것들이 쌓여 신음하는 거리와
또 다시 더럽혀진 우리의 아침과 그만큼 무거워진
내 노동의 어깨와
그리고 더이상 쓸어버릴 수 없는 그것들을 바라보는
내 분노

그러나 어쩔 수 없어 정말 어쩔 수 없어
이태원 이 거리에 서면
나는 언제나 빗질하는 이방인
내 배고픔은 그리 단순하지만은 않고
내 분노는 단순한 절망의 핏빛 절규만을 토해댈 뿐

쓸고 싶다 쓸어버리고 싶다
가슴 속 치밀어오르는 분노의 욕지거리와
빗자루를 쥔 배고픈 손이 서로를 경멸하는
이태원 이 지저분한 거리를
그러나 언젠가 꼭 한번은 숫처녀의 탐스러운 알몸으로
사랑으로 새로 태어나야 할 이태원 이 거리를 위해
내 마음대로 쓸어버리고 싶다

이태원 청소원 방씨의 독백 5

여기서는 모든 게 거꾸로다
사람도 해도 달도 언어도
그것들이 이루어낸 세월까지도 모두
거꾸로다

낮은 도저히 바로볼 수 없는 거짓으로 어둡고
밤은 번뜩이는 탐욕의 눈빛으로 오히려 환하며
더군다나
대한민국의 군사작전권이 그러하듯
사람들은 모국어를 잊은 채 개가 되어 짖어대고
피묻은 손들이 뿌리는 분단의 먹이를 씹으며 사납게
짖어대고
모국어가 고통스럽게 토해내는
사랑과 평화와 자유와 통일의 절규는 버르장머리없
는 들쥐새끼들*의 울음소리일 뿐

여기서는 모든 게 거꾸로다

사람도 해도 달도 언어도

梨泰院이 아닌 異胎猿을 가꾸고 쓸어온

반평생의 내 세월까지도 모두

거꾸로다

＊12·12군사쿠데타가 일어난 후 주한 미 8 군사령관 위컴대
　장은 한국민을 "들쥐새끼들과 같아서 민주주의를 할 자
　격이 없는 국민"이라고 말했고 또한 당시 주한 미국대사
　워커는 한국민의 민족·민주 인사와 학생들을 "버르장머
　리없는 애새끼들"이라고 표현했었다.

제 4 부

비의 노래

　내 이대로 떨어져 한 평의 빛으로 돋아날 수 있다면 깨알 같은 절망의 얼굴로 떨어지겠읍니다. 안개의 몸으로 허공 속을 방황하지 않고 이 세상 가장 낮은 곳으로 흘러 들어가 수도승처럼 절망의 검은 몸을 씻어 내겠읍니다. 그리하여 어떠한 빛깔에도 물들지 않고 오직 한 빛깔로만 황홀히 타오르는 사랑의 은빛 눈물로 피어오르겠읍니다.

　내 이대로 떨어져 정녕 한 평의 사랑으로 자라날 수 있다면 눈물뿐인 세상 눈물보다 더 한스럽게 응어리진 썩은 고름으로 뛰어내리겠읍니다. 진흙탕 속에 누워 결코 빛과 소금을 꿈꾸지 않고 모든 더러움을 처절히 끌어안으며 더욱 더 검게 썩어 문드러지겠읍니다. 그리하여 척박한 땅 척박한 풀뿌리에 한 방울 수액으로 잠들고 있다가 그날이, 그날이 오면 따사로운 풀꽃의 웃음으로 피어나 황홀히 세상 천지를 뒤덮겠읍니다.

바람 노래

나는 바람입니다. 한 여인을 향해 가슴 몰래 커온 그리움이 꽃 필 때면 가슴 풀고 향내나는 살내음을 흘리는 봄바람입니다.

그러나 이별 앞에 서면 긴 정분과 천근 서러움을 단 한번의 칼질에 자르고 냉랭한 목소리로 떠나가는 매운 칼바람입니다.

나는 바람입니다. 만행에 나선 수도승처럼 세상 어디든 떠도는 바람입니다. 바랑 하나 등에 메고 온갖 세상 사물의 애증을 주워담다가 마지막 저기압의 강한 분노를 주워담고는 미친 듯이 비를 몰고 달려와 서럽게 꼬꾸라지는 바람, 흔적 하나 남기지 않고 혁명처럼 타오르는 태풍입니다.

그러나 찌든 얼굴들을 만나면 햇빛처럼 마냥 따사로울 줄도 아는 나는 분명 사랑의 바람입니다.

별의 노래

타오르겠읍니다. 어둠속에서 어둠 가득히 어둠을 끌어안고 타오르겠읍니다. 더 낮은 모습으로 내려앉아 추운 가슴들 따사롭게 어루만져주며 길 잃은 이들의 한 점 빛이 되기 위하여 그렇게 어두운 밤을 타오르겠읍니다.

피어오르겠읍니다. 밟히고 잘린 키 작은 풀꽃들처럼 초라하게, 그러나 꿋꿋하게 피어오르겠읍니다. 음모에 들뜬 신기루 불빛처럼 어둠과 손잡지 않고 노동의 피 빨아 피어난 화사한 불빛처럼 병들지 않고 투명하게 오직 한 빛깔로 투명하게 피어오르겠읍니다.

홀로 서 있겠읍니다. 모두가 앓는 겨울산 푸른 솔의 그 외로운 넋으로 서 있겠읍니다. 내 젊은 피와 살과 그리고 추운 밤 서로의 더운 몸 보듬으며 확인하고픈 단 하나의 사랑까지도 모두 바쳐 새벽이 오기까지 홀로 서 있겠읍니다.

또 다시 타오르겠읍니다. 생명 다하여 어둠속에서 어둠 가득히 어둠을 끌어안고 타오르다 쓰러져도 결코

어두워질 수 없는 따스함으로 살아나 또 다시 어두운
밤을 타오르겠읍니다.

어느 비둘기의 독백

  광장에서 나는 나를 잃고 먹이를 쫓는 한 마리 닭이
된다. 내가 나를 잃음은 정말 안타까운 일이다. 푸른
하늘과 숲을 떠나 광장에 나서면 언제나 그렇다. 내
노래는 낯선 목소리들 사이에서 하나의 소리로 투석되
지 못해 머뭇거리다가 낯선 얼굴들이 화해의 거짓 손
을 건네올 때 하늘 높이 달아나 숲속 나뭇가지에마다
거부의 몸짓을 걸어놓는다. 그러나 나를 잃은 나는 내
노래를 따라 숲을 향해 날아가지 못하고 광장 속 비둘
기 떼에 섞여 온정과 아름다움이 뿌리는 찬란한 기만
의 먹이를 쫓는다. 먹이를 쫓으면서 가끔씩 찬란한 비
약을 흉내내며 잠시나마 나를 찾은 착각에 빠지기도
하지만, 푸른 하늘과 숲을 떠난 광장에서의 나는 언제
나 비약을 잃고 먹이를 쫓는 한 마리 닭일 뿐이다.
"야! 저 비둘기 좀 봐." 비약을 꿈꾸는 한 어린아이
의 외침이 이제는 닭털이 돋기 시작한 내 날갯죽지를
마구 마구 쥐어뜯고 있다.

꿈과 길

얽히고 설킨 길 위에서 꿈을 꾼다. 꿈은 과거도 없고 미래도 없고 상처도 없고 치장도 없고 취함도 없고, 더군다나 힘들게 걸어야 할 길 따위는 필요도 없다. 취하는 것은 오직 꿈을 꿈꾸는 길뿐이다. 길은 세월의 오만가지 잡스러운 발자국으로 맞창난 가슴을 안고 더럽고 치사하고 아니꼬움에 꿈을 꿈꾸며 취한다.

꿈은 아름답고 깨끗하고 고귀해서 세상 온갖 뜨내기들이 걸어야 할 길을 구태여 걸을 필요가 없다. 그러나 간혹 길을 걸어야 할 일이 생기면 걷는 법을 몰라 꿈을 꿈꾸는 취한 길의 걸음을 흉내내어 비틀거리며 걷다가도 어지러운 골목 앞에 이르면 꿈은 언제나 흉내를 멈추고 달아난다. 꿈은 가장 높은 곳에서 가장 고귀하게 자라야 하기 때문이다. 허나 얽히고 설켜 구린내나는 길 위에서도 크고 작은 깨달음이 꽃 피듯이 고귀한 꿈도 깨고 보면 개꿈일 때가 많다.

눈   물

눈부신 빛 하나를 본다 그대여
허기진 일상과
일상보다 더욱 허기진 꿈을 향하여
응달진 가슴의 바닥을 흘러온 그대 서러움의
그러나 영롱한 빛 하나를 본다 눈물이여

탁한 삶 속 보이지 않는 우리의 투명함을 위하여
그대 눈물은 야윈 얼굴과 거친 손등을 타고 하염없
이
흐르고 또 흘러 드디어는 울먹이지만
식민지처럼 마른 내 병약한 육체와
화석처럼 굳어버린 내 메마른 가슴과
두 평 반 온기 없는 방구들 위의 냉혹한 생활 속에
떨어져
울먹이지만 그 모든 황량함 위에 떨어져 울먹이지만

고단한 밤이 그대의 핏줄 속에서 거역의 꿈으로 돋

아날 때
  그리하여 어둠을 뚫고 신새벽의 하얀 희망이 솟아오
를 때
  살아오른다 내 욱신거리는 뉘우침의 포옹 속에서
  그대 눈물은 다시 한번 사랑으로 타오른다

  오늘도 이렇게 눈부신 빛 하나를 본다 그대여
  항상 허기져 앓지만 항상 흐벅지게 되살아나는 그대
고난의
  그러나 성스러운 빛 하나를 본다 눈물이여

눈

눈이 내린다. 지금은 지킬 수 없는 오랜 약속 하나 날카롭게 가슴에 와 꽂히고 끝없어야 할 참회의 시간과 공간 위에 눈이 내려 쌓인다. 지나온 길 돌아보면 지워버리고만 싶은 빈껍데기뿐인 발자국들. 때로는 삶의 무거움에 비틀거리며 넘어지기도 했고 때로는 가슴 벅찬 기다림에 내달리기도 했고 때로는 이루지 못한 초조함에 작은 사랑이 더 커 보이기도 했던 그러나 무엇 하나 이루어내지 못한 참회의 나이 서른. 눈이 내린다. 수천 수만 아픈 칼날이 되어 내 온몸의 때와 혼란을 도려내면서 따스한 눈물이 되어 세상 모든 헐벗음을 감싸안으면서 또 한 겹 눈이 내려 쌓인다.

바람과 강, 그리고 잠든 시인에게

친구 이형구의 유고시집에 부쳐

상심한 목소리 하나 있었네

손가락 빨며 천 날을 소망하던
목소리 하나 있었네

강물에 실려 바람에 흩어져 떠돌다가
한여름 파란 낙엽으로 떠나간
서러운 목소리 하나 있었네

거친 바람 부는 들녘 끝 어디에선가
수천 마디 타오르는 삶의 신음소리 모아
붉게 목놓아 울던 목소리
상심한 목소리 하나 있었네

그 목소리 이제 상심을 잊고 꿈을 이뤄
강물 속 바람결에 피어나는
한 줄 따스한 시가 되었네

序曲三首

봄　비

도르르
도르르 맷돌질 소리
치열했던 상처 마디마디를 보듬는
도르르 맷돌질 소리
문득
허물 벗은 가슴에선
천 개의 꽃봉오리가 열리고

바　람

잿빛 하늘을 찢고 달려와
더러는 겨울 지층을 박차고 솟구쳐
살아오른다 음침한 음모와 우울한 절망 벽을 허물고
파릇한 웃음이 되어 푸른 해일이 되어 타오른다

꽃

겨우내 몸져 누웠던 기다림들이
여기저기서 향내나는 기지개를 켠다
설레임에 가슴 푼 열아홉
흉흉한 소문의 못된 눈초리들을 피해
살며시
아낙의 분내음을 흘리고 있다

春　望

권평순 한정순 두 분의 결혼을 축하드리며

어딘가에 숨어
숨죽여 숨쉬던 목숨들이 살아 돌아오는구나
목숨 그대로 푸르게 살아 돌아오는구나

도란도란 모여 앉아
보듬어 서로 얼싸안고 웃음 나누며
가슴 환한 이야기꽃을 피우는구나

추운 가슴 활짝 열어
눈물도 절망도 분노도 모두 털어버리고
얼어 누운 이 거리 이 동토의 정수리에
뜨거운 사랑의 화살 꽂으며 춤추며 노래하며
그렇게 살아 돌아오는구나

세상 천지에 연두빛 승리의 소식을 뿌리고
민주와 통일이 만나 시집 장가 간다고 소리소리 지
르며

그렇게 살아 돌아오는구나
정말 살아 돌아오는구나

戀 歌 1

연애편지, 첫 만남을 기억하며

이해한다는 그대의 말 정말 고마왔읍니다. 이해한다거나 이해할 수 있다는 말 너무나도 좋은 말인 것 같습니다. 사람과 사물들에 대해 마음을 닫고 사는 사람들은 그런 말을 쉽게 하지 못하지요. 이해한다는 그대의 말을 듣고 이렇게 감격해하는 내 자신을 보면 나도 여지껏 마음을 닫아 걸고 살아왔던 모양입니다.

하지만 이제부터는 나를 활짝 열어가겠읍니다. 나를 가두었던 불신과 증오와 편협한 사고의 벽을 허물고 나를 열어가겠읍니다. 그대가 나를 이해하듯이 나도 그대를 이해하여 그대 가슴 속 깊이 흐르는 분명한 사랑의 소리를 듣고 싶습니다. 이제 곧 내 안의 모습을 볼 수 있겠지요. 워낙 오랫동안 갇혀 있었던 가슴이라 처음엔 비틀거리기도 하겠고 또 초라한 내 모습에 실망도 하겠지만 그 비틀거림과 초라함에서부터 시작하겠읍니다. 그리하여 그대를 향해 사람과 사물들을 향해 세상을 향해 그리고 그것들이 가꾸어온 사랑과 그것들이 이루어내야 할 사랑이 영그는 그날을 향해 끝없이 끝없이 나아가겠읍니다.

戀 歌 2

민들레, 청혼을 위한 시

그대 언제 어디서나

정말 눈부신 한 점 빛으로 내 곁에 머문다면

어둠인들 어둠속 절망 가득한 눈물인들 어떠리

이별보다 더 날카롭게 찢어지던 지하실 그 비명소리인들

어떠리 정말 어떠리

내 그대의 투명한 목소리에 깨어 일어나

다시 끝없는 사랑의 두 발로 설 수 있다면

오랜 싸움 끝에 거친 바람소리만 날리는 저 들녘

지친 얼굴로 그대 향해 그리움의 꽃씨 터뜨리며 숨멎는

한 송이 민들레로 피어난들 어떠리

戀歌 3

서낭당 돌무지, 희망을 위하여

가고 오고 만나고 헤어지는 길

세월만큼이나 모진 기다림을 쌓았던 고갯길 돌무지
위에

나는 오늘 또 하나의 기다림을 얹어놓는다

서른 해 지쳐 다 가도록 오지 않는 그대를 위해

앞으로도 서른 해 더 넘게 기다려야 할 그대를 위해

나는 오늘

이렇게 눈물곱도록 시린 기다림의 시 하나를 또 얹
어놓는다

제 5 부

사 랑 法

혁명적일 것

더하기 빼기 곱하기 나누기의 셈법을 버리고
주판알 전자계산기 조작 가능한 컴퓨터의 셈법은 더
더욱 버릴 것

사랑은
아홉살 아가의 마음으로
백두산 호랑이의 투쟁적 눈빛으로
때로는 비수가 되어 서로의 병든 가슴을 도려내면서
때로는 오뉴월 버드나무와 봄바람처럼 서로를 보듬
으면서
그렇게 아프지만 기꺼이 서로를 주고받을 것

그리하여 너와 나 사이에
작지만 성스러운 혁명을 이루는 것

기 다 림

    온다던 그놈은 아직까지도 소식 한 장 없읍니다
    여러 사람 기다리다 지쳐 병들게 하고
    새벽이 서는 지금에도
    누군가의 혓바닥에 붙어 그저 유행가 쪼가리나 흥얼
대고 있답니다
    누군가의 가슴 속에 숨어 그저 짝사랑이나 몰래 하
고 있답니다
    내 이제는 독기 오른 칼 한 자루 품고
    방방곡곡 그놈을 찾아 나서야겠읍니다

敵

그것들은 온다
치열함을 잃어버릴 때마다 온다

원칙을 잃고 방황하는 우리에게
싸움의 불투명함에 지쳐 자빠진 우리에게
노동의 허기에 지쳐 마른 신음 흘리는 우리에게
고단한 일상 속 깊은 잠 헤매는 우리에게
온다 교활한 덫과 올가미를 들고서

그것들은 거짓이며
그것들은 폭력이며
그것들은 타락이며
그것들은 유혹이며
그것들은 협박이며
그것들은 타협이며
그것들은 기회주의이며
그것들은 기존 기성의 형식들이며

그것들은 모든 부정한 존재들이다

그것들은 온다
치열함을 잃어버릴 때마다 온다

한 뭉치의 현금을 들고서
간사한 혀로 정신을 홀리면서
한나절 편안한 일상을 맛보이며
죽음의 공포 시퍼런 칼날을 들이대며
찾아온다 치열함을 잃어버릴 때마다 어김없이

定　說

우리들은 보통
별 네 개 대장 출신을 보통사람이라 부르지 않고
병장 제대 예비군훈련장의 그 어중이떠중이들을 보
통사람이라 부른다

우리들은 보통
시위 현장 구타와 연행의 도사인 헬멧 쓴 경찰을 백
골단이라 부르고
군인을 군바리라 부르고
판사 검사 변호사 의사 등을 허가증 있는 도둑놈이
라 부른다

우리들은 보통
미국사람들을 양놈 혹은 코쟁이라 부르고
일본사람들을 왜놈 혹은 쪽발이라 부르고
머리에 털이 없는 사람을 대머리라 부르고
턱이 긴 사람을 주걱턱이라 부르고

110

거짓말 잘하는 사람을 노가리라 부른다

또 우리들은 보통

이승만, 박정희, 아민, 셀라시에, 마르코스 같은 사
람들을 독재자라 부르고

군인들이 총칼로 정치권력을 장악해서 독재하면 군
부독재라 부르고

5·16 12·12 5·17 등을 군사쿠데타라 부르고

동학 4·19 등을 혁명이라 부른다

우리들은 보통 그렇게 부른다

참　　회

누구인가
우리는

썩은 관 속에 천년을 꿈으로 누워
결코 썩을 수 없는 노여움으로 자라나도
썩은 붕대 조각 한 줄 자르지 못하는
미이라 같은 우리는

우리가 세월을 잃지 않고
세월 속 기다림을 찾아 한 빛깔로 타오를 수 있다면
죽은 자들의 노래 이토록 처참하지는 않을 것을
산 자들의 노래 이토록 더럽지는 않을 것을

누구인가 우리는
제 몫의 세월과 기다림을 잃고
빛나는 오월의 죽음들 우두커니 바라보며
성스러운 그 꿈 파먹고 기생하는 우리는

그대 이름은

끝없는 싸움 아직 갈 길은 멀고
가슴 저미도록 그리워지는 그대

비바람 사납게 짖어대던 밤
그리움 뚝뚝 묻어나던 어머니의 흐느낌 소리 같던

한 차례 싸움이 휩쓸고 지나간 신촌 로터리
주인 잃은 책가방 속 한국현대사의 노여움 같던

희망도 한 점 빛도 모두 재봉질당한 청계천 다락방
재봉질당한 누이의 손가락에 보송보송 맺히던 피꽃
망울 같던

온 밤 하얗게 외쳐 불러도
어둠속에서 끝끝내 대답없는

그대 이름은
자유, 가슴 저미도록 그리운 자유

응   시

어둠속에서 어둠 가득 어둠을 끌어안는
그러나 결코 어두워지지 않는

새벽보다도 더 빠르게 한낮의 태양보다도 더 완전하게
어둠을 분해하고 벗겨낼 줄 아는

눈 무서운 눈
눈 살아 있는 눈
눈 타오르는 눈

아무도 살지 않는 땅에서

그대여 오해하지 말라
세상 모든 말 그대가 차지하고 있다고 해서
세상 모든 힘 그대의 손아귀에 있다고 해서
지금은 그대가 지배하는 땅
우리 모두가 죽어 숨 하나 쉬지 못한다고 해서
우리 모두가 그렇게 침묵한다고 해서
그리하여 이젠 이 땅이 아무도 살지 않는 땅이라 불
린다고 해서
그대여 오해하지 말라
말이 없다고
생명이 없다고
반역이 없다고
그대여 결코 오해하지 말라

1987년 12월 17일 서울신문

1

내 육체는 윤간당한 채 나동그라졌다 밤이 새도록
텔레비전에 라디오에 그리고 마지막으로 너에게.

2

진실이무어냐고물으신다면삼일오오일육십이십이십이
십칠이라말하겠어요거짓이무어냐고물으신다면팔일오사
일구오일팔육십이라말하겠어요팔팔한팔팔이칠칠하게끝
나도나를버리진않겠지요독재와관제언론이헤어지면서로
가외로울테니까요

3

간에붙으면간디스토마가되고
허파에붙으면허파디스토마가되고

십이지장에붙으면십이지장충이되고창자에붙으면
창자에붙으면회충이되고촌충이되고
똥구멍에붙으면요충이되는
너희들은일년열두달삼시세때전천후기생충

4

내 육체는 윤간당한 채 나동그라졌다 밤이 새도록
텔레비전에 라디오에 그리고 마지막으로 너에게. 너의
연기는 완벽했고 네 연기를 지도한 별들과 아메리카의
연출은 더욱 완벽했다. 너는 대종상뿐 아니라 아카데
미상의 전부문의 석권을 노리며 1987년 12월 17일 오
전 7시 서울 시내의 모든 신문 가판대 위를 자랑스러
운 듯 점령하고는 음흉한 화해의 거짓 웃음을 흘리기
시작하였다. 나는 밤새도록 거덜난 내 몸뚱아리를 바
라보며 수치스러움에 분노에 피눈물에 터져나오는 울
음을 삼키고 복수를 꿈꾸기 시작하였다. 완전하고 완
벽한 복수를 꿈꾸기 시작하였다.

凍 土 1

그리움 하나 부서지지 않을

기억의 땅

이곳에선 어느 누구도

시베리아 검은 이끼만큼을 자라지 못한다

해바라기의 가련한 피 몇 방울 빨고 또 빨아도

밤이면 부서지는 한낮의 뜨거움일랑은

이미 오래 전 남방의 이야기일 뿐

한 평 풀도 키워보지 못한 세월을

바람은 운다 조국 잃은 시인처럼 운다

툰드라 내 거역의 하늘은

얼어터진 입술들의

잿빛 한숨으로 타들어가고

시린 새벽

몰래 불러 보낸 그리움의 노래마저

처마끝 하얀 주검으로 되돌아올 때

그리움 하나 맺어지지 못할

망각의 땅

뜨거운 심장의 비밀마저 외면당한 이곳에선
얼어 누운 우주의 고독만이
한 줌 눈발로나 몸부림친다

凍 土 2

1980년 겨울

불꺼진 창 굳게 닫힌 문
모든 따스함이 숨어버린 거리
봄은 오지 않을 것이다
오랜 꿈 폐허처럼 무너져내리고
세월 속 옛 약속 하나만 덩그러니 남아
또 다른 봄 또 다른 세월을 꿈꾸겠지만
신음소리 흘리며 누군가 또 끌려가고
누군가 끌려가며 흘린 신음소리 그 핏자국은
다시 누군가의 가슴속에 노여움으로 박혀
봄을 향한 거역의 씨앗으로 자라나겠지만
아아 너무 희미해
간직해야 할 봄도 기다림도 그 기억마저도
떠나간 이들 그리운 그 생김생김 그 이름마저도
몸서리치던 밤 그 비명소리 그 피엉킴 그 굴욕의 흔
절마저도
희미해 너무 희미해
거리엔 쫓기는 이들의 불안한 숨소리만 쌓이고

호각소리 따라 군화발소리 따라
점점 더 커오르기만 하는 저 절망의 눈동자들
길들여져만 가는 침묵의 눈동자들
봄은 오지 않을 것이다
불 꺼진 창 굳게 닫힌 문
모든 따스함이 숨어버린 거리
귀를 열고 입을 열고 가슴을 열어
마지막 남은 한 모금의 숨으로 서로를 부르기 전까지
결코 봄은 오지 않을 것이다
얼어 누운 땅 유폐의 거리 서울이여

凍 土 3

그리움을 털고 일어서며
겨울 하늘 깊숙이
노래를 불러 보냈지
온 힘을 모아 목청이 터지도록
노래를 불러 보냈지
그러나 돌아온 것은 메아리뿐
그림자가 찔끔찔끔 눈물을 흘리며
내게 애타게 용서를 빌었을 때
나는 노여움에 가라 어서 가라 소리질렀지
그리고는 단숨에 산꼭대기까지 뛰어올라가
산 아래 멀리로 떠나가는 그림자를 지켜보며
사랑은 버리는 것 내 모두를 버리는 것이라고 중얼
거렸지
돌아와 자리에 누운 밤
유난히 시린 인동의 적막이
내 심장을 온통 갉아내고 있었지

도시적 정서와 운동권 정서

申　庚　林

　몇해 전 유종순의 시들을 처음 원고로 읽었을 때의 느낌은 당시의 암울하고도 앞이 안 보이는 현실, 서울 변두리의 비참하고 가난한 삶, 참아내기 어려운 감옥살이 등이 소재가 되고 있는데도 불구하고 이상할이만큼 신선하고 경쾌하다는 것이었다. 흔히 민중시로 불리는 것과 사뭇 달랐다. 나는 이것을 유종순이 우리 시에서는 찾아보기 어려운 도시적 정서를 가지고 있는 데 연유하는 것이라고 해석했다. 도시적 정서가 농촌적 정서에 비해 반드시 신선하고 경쾌하다고 말할 수 있겠는가 따진다면 나로서도 명확하게 설명할 방법이 없지만, 대개의 우리 시는 심지어 도시에서 나서 도시에서 자란 시인의 시까지도, 엄격히 따져 한이니 설움이니 운명이니 하는 개념들과 이어진 농촌적 정서에서 벗어난 것이 아니었고, 이 점 유종순의 시는 매우 색다른 것이었기 때문이다. 도시적 시라면 우리 시에도 모더니스트들의 시가 있지 않았느냐고 말할는지 모르겠다. 하지만, 이들의 시가 도시적 감각의 시라고 할 수 있을는지는 모르나 그 정서까지 도시적이라고 하기 어려운 것은 대개 비록 소재는 도시적인 것이었을지라도 그 발상이나 전개에 있어서는 재래적 정서의 시와 크게 다르지 않았다는 점만 보아도 잘 알 수 있는 일이다.

『고척동의 밤』을 읽으면서 나는 당초의 내 생각이 크게는 빗나가지 않았음을 알았다. 가령 다음의 시를 읽어보자.

어두운 골목 끝
찌든 몸을 일으켜
창녀가 섰다

공장 굴뚝 주렁주렁 매달린 연기의
시커멓고 매캐한 한숨처럼
거친 삶의 아픈 흔적을 온몸에 감고도
밤이면
썩은 음식에선 살며시 빛이 돌아

어두운 골목 끝
어두운 쓰레기와 쓰레기에 쌓인 어둠을 밝히며
찌든 몸을 일으켜
창녀가 섰다.

——「전봇대」 전문

……골목에 전봇대가 서 있다. 그 옆 높은 담장으로 둘러싸인 공장의 굴뚝에서는 검은 연기가 솟는다. 연기는

한숨을 연상시키고 다시 한숨은 찌든 노동자들의 삶을 떠올린다. 노동자의 삶에서는 다시 여성노동자가 연상되고 마침내 여성으로서 최악의 삶의 형태라 할 창녀로까지 생각은 이어지는 것이다. 말할 것도 없이 이러한 생각을 도시에서 나서 도시에서 자란 정서가 아니고는 쉽게 가지게 되는 것이 아니다. 실제로 많은 사람들은 전봇대에서 고추잠자리와 빨간 저녁놀과 들에서 돌아오는 늙은 농군을 연상하는 것이 보통일 터이다. 아직도 더 많은 사람들이 도시에 살고 있고 아니고에 관계없이 정서적으로는 농촌적인 것이 우리네 현실일진대, 유종순의 도시적 정서의 시가 신선하고 경쾌하게 받아들여지는 것은 어쩌면 조금도 이상할 바가 없는 것일는지도 모르겠다.

유종순 시의 가장 두드러진 특징이 도시적 정서에 바탕한 것임을 거듭 확인하면서 또 하나 재미있는 것은, 이 정서로써 감당하기 어려운 소재가 되면 그의 시는 신선함과 경쾌함을 잃고 상투적이고도 겉도는 느낌을 주는 시로 떨어진다는 점이다. 그 대표적인 경우가 이농을 소재로 한 「서울길」이다.

그렇다면 유종순의 시가 신선하고 경쾌하게 읽히는 것은 그의 시들이 도시적 정서에 바탕하고 있다는 데만 연유하는 것일까. 그렇지만은 않다. 그의 시, 나아가서 그의 삶이 지향하고 있는 바를 상징하는 "빛 혹은 하얀 새"의 이미지가 그의 시를 결정적으로 깨끗하고 산뜻한 것으로 만들어 주고 있음을 간과해서는 안될 것이다. 이 시집의 머리에 있는 「고척동의 밤」은 어쩌면 그의 시를 알기 위해서는 가장 중요한 열쇠가 되는 시일는지도 모르겠다.

어둠은 소리를 낳고
소리는 침묵을 낳는 밤
우리는 꿈을 낳는다

빛 혹은
하얀 새를 낳는다

온몸이 만신창이가 되도록 얻어맞고
정신이 반쯤 돈 옆방의 탈옥수 정씨도
쇠창살 너머 얼굴이 두 토막 난 달도
하루 종일 내장을 도륙당한 붉은 산도
신음소리 밑으로 꿈을 낳는다
새 살이 돋는 꿈을 낳는다

(중략)

꿈은 정말 좋은 것
상처뿐인 우리는 밤새껏 끙끙 앓으며
그렇게 꿈을 낳는다

빛 혹은
하얀 새를 낳는다

　다 알다시피 고척동은 기결수를 가둬두는 교도소가 있
는 곳이다. 이곳의 생활이 어떠하다는 것은 굳이 여기서
말할 필요도 없겠으나, 이곳의 삶을 소재로 하는 경우 시
가 더없이 어둡고 절망적인 가락을 띠게 되리라는 것은

상상하기 어려운 일이 아니다. 하지만 위의 시에서도 볼 수 있듯이 유종순의 시들은 어둡거나 절망적인 가락을 띠지 않는다. "상처뿐"이지만 "밤새껏 끙끙 앓으"면서도 "꿈을 낳"고, "빛 혹은 하얀 새를 낳는" 까닭이다. "빛 혹은 하얀 새"는 자유일 수도 있다. 민주주의일 수도 있다. 평등한 사회일 수도 있다. 빼앗는 자, 빼앗기는 자가 없는 새 세상일 수도 있다. 그 어느 것이든, 이 표현은 이 시인이 밝은 내일을 굳건히 믿고 있음을 말해주고 있다. 이와 비슷한 표현은 이 시집 속의 시 거의 전편에서 찾을 수 있어, (초기시로 보이는 4부에 들어 있는 시는 거의 이러한 표현으로 차 있다고 할 수 있다) 가령, 「獄中月令歌—1月令·꿈」에서는 "꿈이 있느냐고 묻는 놈들이 있어／저 감시대 차가운 회벽칠 담장 위의／거친 눈발 헤치며 검푸르게 타오르는 이끼를 보고도／봄이 오느냐고 묻는 놈들이 있어" 하고 봄을 믿지 않는 자들에게 증오와 경멸을 나타내기도 하고, 또 「그대, 슬픈 자유에게」에서는 "슬픔은 절망이 아니라／절망을 베어내는 칼이라는 것을／빛 그 찬란한 승리를 향한 단 하나의 무기라는 것을／그대를 사랑한 그 순간부터 알고 있었기 때문이리라" 하고 다짐하기도 하는데, 이러한 믿음이 유종순의 시를 신선하고 경쾌하게 읽히게 하는 또 하나의 요인일 터이다.

그러나 인간적인 또는 개인적인 고뇌를 거치지 않은, 너무 손쉽게 얻어진 낙관주의는 감상주의의 차원을 벗어나지 못하는 경우가 많다. 유종순의 시에도 더러 그런 구석이 보이는데, 이 점은 약점으로 지적되어 마땅할 것이다. 또한 시인은 너무 옳은 소리만을 하려는 유혹에서도 벗어날 줄 알아야 한다. 너무 옳은 소리만을 하려다가는 다 아는 뻔한 소리를 뻔한 방법으로 하는 잘못을 저지르게 된다는 점도 명심할 필요가 있을 것이다. 예컨대 "아니다 그것은/결코 내 탓이 아니다 그것은/저놈의 높디높은 벽 때문이다/아니다 벽 때문만도 아니다 그것은/저놈의 벽이 높아지면 높아질수록/더욱 더 팔팔하게 살아나서/내 정신을 온통 휘저어대는 그놈의/자유 바로 그 자유 때문이다"(「면회」)라든가 "꺾이면 어때 부러져 짓밟히면 어때/버려진 어둠과 만나 타오르는 슬픔에 싸여/다시 노여움으로 살아오르면 되지"(「獄中月令歌—5月令·또 꿈」) 같은 대목은 누구나 다 아는 소리, 누구나 다 할 수 있는 소리기 때문에 오히려 공소하게 느껴진다는 점이 간과되어서는 안될 것이다.

한편 이 시집 가운데서 가장 흥미있게 읽히는 부분은 역시 5부가 아닐까 싶다. 5부를 읽으면 먼저 이 시인의 말에 대한 천부적인 감각, 시를 다루는 뛰어난 솜씨에 새삼스럽게 감탄하면서 또 하나 아직까지는 우리 시에 낯설었던 정서에 접하게 된다.

우리들은 보통
별 네 개 대장 출신을 보통사람이라 부르지 않고
병장 제대 예비군훈련장의 그 어중이떠중이들을 보통사람이라 부른다

우리들은 보통
시위 현장 구타와 연행의 도사인 헬멧 쓴 경찰을 백골단이라 부르고

군인을 군바리라 부르고
판사 검사 변호사 의사 등을 허가증 있는 도둑놈이라
부른다

우리들은 보통
미국사람들을 양놈 혹은 코쟁이라 부르고
일본사람들을 왜놈 혹은 쪽발이라 부르고
머리에 털이 없는 사람을 대머리라 부르고
턱이 긴 사람을 주걱턱이라 부르고
거짓말 잘하는 사람을 노가리라 부른다

또 우리들은 보통
이승만, 박정희, 아민, 셀라시에, 마르코스 같은 사
람들을 독재자라 부르고
군인들이 총칼로 정치권력을 장악해서 독재하면 군부
독재라 부르고
5·16 12·12 5·17 등을 군사쿠데타라 부르고
동학 4·19 등을 혁명이라 부른다
우리들은 보통 그렇게 부른다
────「定說」 전문

분명 이 시의 정서는 정서하면 으레 궁상, 청승에 길들
여진 지금까지의 우리 시의 정서로서는 낯선 것이다. 그
러나 오늘의 젊은이로서 이 시의 내용, 이 시의 노리는
바, 이 시가 가진 익살과 분노를 모르는 사람은 없을 것
이다. 이런 말이 성립될 수 있을는지 모르겠지만 나는 이
시가 가지고 있는 정서를 운동권 정서라고 부를 수 있지

않겠는가 생각한다. 이 말은 그의 시가 운동권의 의견을 수렴, 대변하고 있다는 뜻이 아니다. 70년대 이후 운동권이라고 부를 수 있는 것이 형성되면서 그 독특한 분위기도 조성되었는데, 말하자면 그의 시는 이러한 정서를 표현하고 있으며 또 전해주고 있다는 말이다. 그의 시에는 운동권 특유의 낙관주의가 있고 밟히고 짓눌리면서 살아온 데 따른 엇감이 있고 찌들리고 억눌린 데서 오는 넉살이 있다. 그러면서도 그 정서에 익지 않은 사람에게도 전혀 거부감 없이 받아들여지게 할 수 있는 것은 타고난 그의 시적 재능 탓이라고 말한다 해도 지나친 말은 아닐 것이다.

진실이무어냐고물으신다면삼일오오일육십이십이십이십칠이라말하겠어요거짓이무어냐고물으신다면팔일오사일구오일팔육십이라말하겠어요팔팔한팔팔이칠칠하게끝나도나를버리진않겠지요독재와관제언론이헤어지면서로가외로울테니까요
───「1987년 12월 17일 서울신문」부분

유종순의 시가 오늘의 운동에 얼마나 기여하고 있는지는 여기서 따질 자리가 아니다. 다만 그 정서를 가지고 있으면서 그것을 다른 사람들이 거부감 없이 받아들이게끔 표현하고 있다는 점만 가지고도 이 시인은 이 시대의 값진 시인이라는 칭찬을 받아 마땅할 것이다.

後　記

　이 시집에 실린 시들은 지난 10여 년간 써왔던 것들을 엮은 것입니다.

　시를 공부하던 대학시절 이 땅의 현실에 눈을 뜨게 된 후로 저는 시에 대한 잘못된 제 집착과 애정에 대해 상당한 부끄러움을 느끼게 되었고, 드디어는 시 공부를 집어치우고 이 땅에서 사람답게 살아가는 일에 대해 고민하기 시작하였읍니다. 그후 1980년 정말 무엇인가 이루어질 것 같은 희망과, 그 힘찬 희망을 송두리째 도려내버린 5월의 좌절 속에서 그해 가을 저는 감옥으로 끌려갈 수밖에 없었읍니다. 배운 게 도둑질이라 감옥생활 속에서 저는 주로 개인적이었긴 하지만 제 생각과 일상의 편린들을 메모하기 시작함으로써 다시 시와 가까와질 수 있는 계기를 마련할 수 있었읍니다. 이러한 시와의 가까와짐이 출감 후에도 어느 정도 계속되었으나 그러나 시에 대한 회의적인 생각과 활동의 분주함 속에서 시는 내 생활과 활동 분야의 한 몫은 분명 아니었읍니다.

　다행히 고교시절의 은사이며 시인인 정의홍 선생님의 사랑 가득한 독려와 그리고 운명적인 신경림 선생님과의 만남을 통해 저는 다시 시적 노동을 하기 시작했고, 드디어는 유종순이라는 초라한 이름을 세상에 내보이게 되었읍니다. 무척이나 부끄러웠고, 그러한 심정은 지금까지도 계속되고 있읍니다.

이 시집에 실린 시들의 반 정도는 대학시절과 교도소 수감시절 저와 제 주위의 편린들이고 나머지는 주로 분주히 활동하던 85년에서 88년 사이의 거의 메모에 가까운 거친 글들입니다. 정말 어처구니없을 정도로 나약하고 부끄러운 글들이지만 긍정적이든 부정적이든 여지껏 살아온 제 모습 그대로를 내보이고 채찍질 받아야 하겠기에 솔직하게 제 삶을 고백한다는 의미로서 지난 10년의 제 세월을 정리해보았읍니다.

이제는 정말로 시를 써야겠읍니다. 제 생활과 활동의 한 몫으로서 시를 챙겨야겠읍니다.

끝으로 보잘것없는 제 시집을 내주신 창비 가족 여러분께 감사드립니다.

저의 이 첫시집을 저에게 생명을 주시고 건강하게 키워주신 부모님과 동지들 그리고 눈물 많은 아내에게 바칩니다.

1988년 8월

유　종　순

창비시선 71

고척동의 밤

초판 1쇄 발행／1988년 9월 10일
초판 2쇄 발행／2011년 5월 3일

지은이／유종순
펴낸이／고세현
펴낸곳／(주)창비
등록／1986년 8월 5일 제85호
주소／413-756 경기도 파주시 교하읍 문발리 513-11
전화／031-955-3333
팩시밀리／영업 031-955-3399 · 편집 031-955-3400
홈페이지／www.changbi.com
전자우편／literat@changbi.com
인쇄／한교원색

ⓒ 유종순 1988
ISBN 978-89-364-2071-0 03810